Das Beziehungsbuch

Danita Molina

Das Beziehungsbuch

EURE schönen Erinnerungen und die wichtigsten Daten in einem Buch das nur EUCH gehört.

Oft wird ein Paar gefragt: Wie lang seid ihr schon zusammen, wie habt ihr euch kennengelernt etc. Während dem Erzählen erfreut sich das Paar über die aufkommenden schönen Erinnerungen. Manchmal kommt es jedoch vor, dass Kleinigkeiten in Vergessenheit geraten, oder lange niemand danach fragt. So bleiben die schönen Erinnerungen viel zu lange im Verborgenen oder geraten schlimmstenfalls in Vergessenheit. Jetzt nicht mehr.

Mit diesem Buch möchte ich mit euch eine gemeinsame Erinnerung schaffen, die ihr jederzeit aus dem Schrank holen und euch anschauen könnt. Ihr werdet automatisch, sobald ihr das Buch seht, an all die schönen Dinge erinnert. Zudem gibt es ein kleines Fragespiel, bei dem jeder die gleichen Fragen beantworten soll. Erst wenn die Fragen beantwortet sind dürft ihr gegenseitig die Antworten lesen.

Ihr dürft gerne ausholen und alle Fragen ausführlich beantworten. Ihr habt ausreichend Platz zur Verfügung. Das Buch freut sich auch über eine liebevolle Gestaltung, beispielsweise mit gemalten Bildern, Aufklebern oder Fotos.

Dies ist das Beziehungsbuch von:

&

Klebt auf den kommenden Seiten je ein Foto von euch (einzeln) ein, so wie ihr in der Zeit ausgesehen habt, als ihr euch kennengelernt habt.

ER

SIE

Wann, wo & wie habt ihr euch kennengelernt?

Was & wann war euer 1. Date?

Wann & wo habt ihr euch das 1. Mal geküsst?

Wer hat den 1. Schritt gemacht, sowohl für das
Date, als auch zum küssen?

Wie habt ihr anfangs miteinander kommuniziert?

Habt ihr ein Lied?

Welches ist euer Lied? Warum ist es euer Lied?

Habt ihr einen Film?

Welches ist euer Film und warum?

Welche Gesprächsthemen hattet ihr besonders in der Anfangszeit?

Seit wann seid ihr offiziell zusammen? Und wie ist es dazu gekommen?

Habt ihr einen gemeinsamen Freundeskreis?

Klebt auf der nächsten Seite euer 1. gemeinsames
Foto ein.

Erzählt etwas zu dem Foto, wo wart ihr, wann war
das, was war an dem Tag alles, usw.

1. gemeinsames Foto

Wie weit wohnt ihr auseinander? Wer besucht wen mehr und warum?

Alternativ: Seit wann wohnt ihr zusammen, wenn nicht, wann wollt ihr zusammenziehen?

Habt ihr Haustiere?

Wart ihr schon gemeinsam in Urlaub? Wenn ja, wann und wo?

Wann & wo habt ihr euch euren Eltern
gegenseitig vorgestellt?

Habt ihr einen Platz?

Wo ist euer Platz und warum ist es gerade dieser?

Welche Gemeinsamkeiten habt ihr?

In was unterscheidet ihr euch auffällig?

Habt ihr gemeinsame Hobbys?

Wie gestaltet ihr euren Alltag?

Habt ihr Kinder? Wenn nein, wollt ihr welche,
und wenn ja wie viele und wann?

Seid ihr verheiratet? Wenn nein, habt ihr es vor?
Wenn ja, wie soll die Hochzeit aussehen?

Was wollt ihr machen wenn ihr beide alt und
Rentner seid? Was wollt ihr bis dahin gemeinsam
erlebt und erreicht haben?

Frage & Antwort Spiel

Es folgt ein Frage & Antwort Spiel (von beiden getrennt auszufüllen). Diese Fragen sind zuerst von IHR auszufüllen. ER darf nicht spicken. Ist SIE fertig, kann SIE ein Trennzeichen in das Buch legen und IHM geben. Danach füllt ER seine Seiten aus. (Die Fragen sind identisch)

Im Anschluss könnt ihr euch gegenseitig eure Antworten anschauen. Warum SIE zuerst? Na, weil Frauen meist neugieriger sind.

Die Fragen sind bewusst mehr auf Schönes als auf Negatives bezogen. Es soll schließlich ein Lächeln auf eure Gesichter zaubern, aber euch auch zeigen, wie ihr auf euren Partner wirkt und wie er/sie euch sieht, was er/sie von euch denkt, euch einschätzt. Vielleicht könnt ihr euch so auch noch etwas besser kennenlernen.

Von IHR auszufüllen, die Fragen
beziehen sich auf IHN.

Was hatte ich beim 1. Mal, als du mich gesehen
hast, an?

Was war an mir so interessant, dass du auf mich
aufmerksam geworden bist?

Wie würde ich einen Lottogewinn von mehreren
Millionen Euro investieren?

Warum wolltest du gerade mich?

Wann habe ich Geburtstag?

Welche Musik höre ich am liebsten?

Wo arbeite ich und als was?

Was würdest du gerne mit mir unternehmen?

Hattest du von Anfang an Interesse an mir oder kam das erst später? Gerne detailliert erzählen:

Welches sind meine Hobbys?

Was esse ich am liebsten?

Über was hast du dich bisher am meisten gefreut?

Was ist an mir besonders toll?

Welche Eigenschaft liebst du am meisten an mir?

Was würdest du für Veränderungen in der
Beziehung wünschen?

Welches ist mein Lieblingstier?

An was erinnerst du dich in Bezug auf mich/uns
am liebsten zurück?

Was vermisst du in der Beziehung?

Was verärgert dich am meisten?

Was verärgert mich am meisten?

Wann und wie weißt du, dass ich dich liebe?

Wie bekommst du mich zum lachen?

Bin ich ein Dickschädel?

Wie würdest du eine Macke von mir beschreiben,
die du an mir schätzt?

Wie lange brauche ich durchschnittlich im Bad?

Welches ist meine Lieblingskleidung?

Welches ist mein Lieblingsgetränk?

Welche Ziele habe ich noch im Leben?

Was sind meine Stärken?

Wo siehst du uns in 3 Jahren?

Nenne einige Eigenschaften, die du an mir magst:

Was würdest du dir wünschen, hättest du 3 Wünsche frei?

Wohin würdest du gerne reisen?

Welches ist dein Kosename für mich und warum?

Denkst du, ich habe ein Geheimnis? Wenn ja,
welches?

Welches ist mein Lieblingsfilm oder meine Lieblingsserie?

Welches Ziel verfolge ich im Leben?

Möchtest du mir noch irgendetwas sagen? Hier ist reichlich Platz (3 Seiten) dafür:

Von IHM auszufüllen, die Fragen beziehen sich auf SIE.

Was hatte ich beim 1. Mal, als du mich gesehen
hast, an?

Was war an mir so interessant, dass du auf mich
aufmerksam geworden bist?

Wie würde ich einen Lottogewinn von mehreren
Millionen Euro investieren?

Warum wolltest du gerade mich?

Wann habe ich Geburtstag?

Welche Musik höre ich am liebsten?

Wo arbeite ich und als was?

Was würdest du gerne mit mir unternehmen?

Hattest du von Anfang an Interesse an mir oder kam das erst später? Gerne detailliert erzählen:

Welches sind meine Hobbys?

Was esse ich am liebsten?

Über was hast du dich bisher am meisten gefreut?

Was ist an mir besonders toll?

Welche Eigenschaft liebst du am meisten an mir?

Was würdest du für Veränderungen in der
Beziehung wünschen?

Welches ist mein Lieblingstier?

An was erinnerst du dich in Bezug auf mich/uns
am liebsten zurück?

Was vermisst du in der Beziehung?

Was verärgert dich am meisten?

Was verärgert mich am meisten?

Wann und wie weißt du, dass ich dich liebe?

Wie bekommst du mich zum lachen?

Bin ich ein Dickschädel?

Wie würdest du eine Macke von mir beschreiben,
die du an mir schätzt?

Wie lange brauche ich durchschnittlich im Bad?

Welches ist meine Lieblingskleidung?

Welches ist mein Lieblingsgetränk?

Welche Ziele habe ich noch im Leben?

Was sind meine Stärken?

Wo siehst du uns in 3 Jahren?

Nenne einige Eigenschaften, die du an mir magst:

Was würdest du dir wünschen, hättest du 3
Wünsche frei?

Wohin würdest du gerne reisen?

Welches ist dein Kosename für mich und warum?

Denkst du, ich habe ein Geheimnis? Wenn ja,
welches?

Welches ist mein Lieblingsfilm oder meine Lieblingsserie?

Welches Ziel verfolge ich im Leben?

Möchtest du mir noch irgendetwas sagen? Hier ist reichlich Platz (3 Seiten) dafür:

Hier ist noch Platz für ein
gemeinsames Foto

<u>Weitere Werke von Danita Molina:</u>

<u>Mach Mich Serie:</u>

- **Mach Mich – Mach Dich – POSITIV** - Das positive Aktiv Buch für Erwachsene
- **Mach Mich – Mach Dich – FUNNY** - Das lustige Aktiv Buch für Erwachsene
- **Mach Mich – Mach Dich – SELFIE** - Das etwas andere, lustige Fotoalbum

<u>Schreib mir was Serie:</u>

- **Schreib mir was** – Das etwas andere Freundschafts- und Erinnerungsbuch für Erwachsene
- **Leute - Schreibt mir was!** – Das Freundschafts- und Erinnerungsbuch für Jugendliche
- **Liebe Kollegen- schreibt mir was!** – Das Freunde- und Erinnerungsbuch für Arbeitskollegen
- **Schreib mir was zum Schulabschluss**– Das Freundschafts- und Erinnerungsbuch für Schulkameraden
- **Schreibt uns was zur Hochzeit**– Das Hochzeits-Gästebuch
- **Putzpause** – Das Freundebuch für Hausfrauen

<u>Sonstige:</u>

- **Das Liebeskummer Erste Hilfe Buch** – Lustige & befreiende Aufgaben zur Überwindung des Liebeskummers

Danita-molina.jimdo.com
Bilder & Inhalt © Danita Molina

Danke für euer Like auf Facebook: Danita Molina

Idee und Gestaltung, sowie ©: Danita Molina
www.danita-molina.jimdo.com

Herstellung und Verlag:
BoD – Books on Demand, Norderstedt
ISBN 978-3-7431-2778-4

FSC
www.fsc.org
MIX
Papier aus ver-
antwortungsvollen
Quellen
Paper from
responsible sources
FSC® C105338